BLACK
Marriage

1

Saki Aikawa

1. Tag

Hidamari*
Home

Akari!

PLAPPER

PLAPPER

*»hidamari« bedeutet »sonniger Fleck«

Das hier ist dein zweites Zuhause ...
Das Hidamari Home!
All die Kinder hier ...
... sind so etwas wie deine Familie, Akari.
Also kümmer dich gut um sie, ja?

Das haben meine Eltern, die mittlerweile im Himmel sind, oft zu mir gesagt ...

Schön, dass du wieder da bist, Ritsu-kun**!

Oh!

Da ist Akari-chan* ...!

Hallo!

Ich kann blei-ben!

Waaas?

Hilfst du mir dann bei den Haus-aufgaben ...?

Ich muss gleich wieder zur Arbeit!

Bleibt ihr heute mal länger?

*vernielichende Anrede für gute Freund*innen und kleine Kinder
**Anrede für Jungen und jüngere Männer

Auch heute nehme ich mir diese Worte noch sehr zu Herzen.

Klar doch!

Zusammen kriegen wir das hin!!

Also dann, ich bin so gegen sieben wieder zurück.

Okay, alles klar!

Kümmer dich gut um die Kleinen!

PATT

Hey ... Hör auf, mir immer den Kopf zu tätscheln ...

PATT

Pass auf dich auf!

Dieser Kerl schon wieder ...

9

Hmm ...?

Er will es kaufen?

Was soll das denn jetzt?!

So einfach geht das nun wirklich nicht ...

Wer ist das?!!

Sie sind natürlich herzlich dazu eingeladen, es zu kaufen!!

Ja, ich verstehe schon!!

Tut mir leid, aber da es sich hier um eine private Angelegenheit handelt, würde ich begrüßen, wenn Sie das für sich behalten ...

!!

Sind Sie etwa dieser Shindo ...?

Aber was haben Sie denn nun mit dieser Einrichtung vor, nachdem Sie sie gekauft haben?

Was?! Echt jetzt?! Er hat es einfach so verkauft?!

Lassen Sie uns gleich den Vertrag aufsetzen!!

Wirklich sehr erfreut!

Und wie wird es nun hier weitergehen?!

!!

Vielen Dank!

Papa und Mama im Himmel ...

Dank dieses freundlichen Mannes wurde das Waisenhaus aus seiner misslichen Lage befreit.

Ähm ...

Ich werde dann schnell mal die nötigen Unterlagen holen!

Und das, obwohl er wahrscheinlich erst in meinem Alter ist ... Echt unglaublich!

H...Hei... Hei...Hei... Heiraten? Wer mit wem?

Ähm ... Aber ich besuche noch die erste Klasse* der Highschool ...

Du, mich!

Ich bin 18, also sollte es keine rechtlichen Probleme geben.

*entspricht der 10. Klasse

Was?

Hä?

Waaas?!

Die Bedingung ist, dass ich ihn heirate?! Was hat das zu bedeuten?!

Was denkt er sich bloß dabei?

Nein ... Aber ... Ähm ...

Ich befinde mich nur in einer Situation, in der ich schnellstmöglich heiraten muss.

!

Du brauchst keine Angst zu haben. Nur weil wir verheiratet sind, werde ich nicht gleich über dich herfallen.

?!

Daher ist das hier eigentlich nur eine reine Formalität, aus der wir beide unseren Nutzen ziehen.

Und ...

... wie du bereits richtig festgestellt hast, gehört dieses Haus jetzt mir ...

A... Aber ...

Dir bleibt also keine andere Wahl, als mich zu heiraten.

Ich denke, wir verstehen uns?

Dabei schien er vorhin noch so nett zu sein ...

... werden die Kinder hier in Frieden leben können.

Was soll ich bloß tun? Wenn ich diese Ehe über mich ergehen lasse, dann ...

Aber heiraten?!

Allerdings könnte ich mich scheiden lassen, sobald Sota 18 wird.

Im Moment hat es für mich höchste Priorität, diese Einrichtung zu bewahren.

Ich habe die Qual der Wahl!!!

Ganz genau! Es ist ja auch nicht so, als würde ich dabei sterben.

PRESS

Ich bringe dann später die Heirats- urkunde und alles Weitere vorbei.

Du bereitest schon mal dein Siegel und was du sonst so brauchst vor.

HUUP HUUP

RUMMS

BRUMM

W...

Was?!

Was hat er da eben gesagt ...?!

BEDRÜCKT

KREISCH

TAPP
TAPP
TAPP

Ich wusste es,
ich wusste es,
ich wusste es ...!
**Es war viel-
leicht doch
zu früh da-
für ...!**

Hey,
geht's dir
gut, Akari-
chan?

Hast du
Bauchweh?

Mhh
...

Ein biss-
chen ...

34

Hätte ich vorher vielleicht Ritsu um Rat bitten sollen?

Ich kümmere mich um den Rest ...

Ich ...

Nein, ich hätte unter diesen Umständen trotzdem keine andere Wahl gehabt ...

Ich weiß wirklich nicht, ob das so eine kluge Entscheidung war ... Aber nun gibt es kein Zurück mehr.

Ein Stirnkuss ...

War das nicht eher eine Drohung als eine Bedingung?!!

Er hat so ein hübsches Gesicht, aber solch einen miesen Charakter ...

Ritsu ist zurück!!

Willkommen zu Hause, Ritsu-kun!

Da bin ich wieder!

Alles, was heute vorge-
fallen ist ...

Ich muss
ihm alles
erzählen ...

Ä... Ähm ...
Ritsu ...

?

Sei nicht allzu
überrascht ... Aber
es gibt da etwas,
worüber ich gerne
mit dir sprechen
möchte ...

Waaaaaas?!

Was
...?

Du heiratest einen Kerl ...

... den du heute zum ersten Mal getroffen hast?

KLEINLAUT

E... Es ist so einiges passiert und dann ist es eben so gekommen ...

KLEINLAUT

Bist du vollkommen bescheuert?

Du wirst einen völlig fremden Typen, den du nie zuvor gesehen hast ...

... heiraten, nur weil er mit Geld um sich wirft?

A...

Aber ich hatte keine andere Wahl, als dem Ganzen zuzustimmen ...!

Ugh

Ritsu ist ungewöhnlich wütend.

Ich kann schon nachvollziehen, wie du dich fühlst ...

Und überhaupt ...

Haaaah ...

...

Ich habe schon entschieden, dass es nur eine Ehe auf Zeit sein wird. Und zwar lasse ich mich scheiden, sobald Sota 18 geworden ist!!

Wie findest du das?!

ZUCK

Also gut, wenn es rein formell ist und sich sonst nichts weiter ändert, dann ist es ja halb so wild ...

Ich krieg langsam Kopfschmerzen ...

Ach, ist das so ...?

Oh ... Äh ... Um ehrlich zu sein ...

Ab
morgen ...

... werde
ich nicht
mehr allei-
ne sein ...

Guten Morgen!
PLAPPER
ザワ
PLAUDER
ザワ
?
?
Was machen die denn heute alle hier?
Ah!
Akari! Du kommst genau zur rechten Zeit!!
Guten Morgen, Momo-chan!
Hey, hast du ihn schon gesehen?!
?
Ist er schon hier vorbeigekommen?
Wer denn?

2. Tag

Kakeru Shindo
Wo er sich gerade befindet

... eine Berühmtheit sein würde ...!!!

Ich sagte doch bereits, dass ich nichts mit ihm zu schaffen habe ...!

Jetzt hab dich nicht so und erzähl mir, wie ihr euch kennengelernt habt! ♡

I...

Ich würde auch gerne hören, was hier eigentlich los ist.

Nein ...

Wir waren dabei, die Einrichtung zu verlieren ...

Ich hatte also keine andere Wahl ...

...

Die
»Ehe« ...
also?

!!

DING DONG

Ich sollte ihm für seine Hilfe dankbar sein.

Wir sind bereits verheiratet ...

Ich komme!

E...

Er ist da!!!

KATSCHAK

Ich muss versuchen, wenigstens ansatzweise so gut mit ihm auszukommen, wie meine Eltern miteinander auskamen ...!!

65

Ritsu

!!

BRRR

BRRR

Ja, hallo, Ritsu?

Ah, entschuldige mich kurz!

Nein, heute hat er mir nichts getan.

Er hat dir doch nichts getan, oder?

Was?

Ist dieser Shindo schon bei dir?

J... Ja, er ist schon hier.

GRAPP

Nein, er hat mir nichts getan. Mir geht's gut...

Was?

!!

ZACK

Ah ...

... ich habe nachher noch einen Job beim Radio.

Pfft.

Du reagierst einfach viel zu aufrichtig!

...!

Er hat mich schon wieder geneckt!!!

SCHWUPP

Nun, was die Arbeit angeht, würde ich es aber dennoch gerne geheim halten.

...

Sein Leben ist komplizierter, als ich dachte ...

Und trotzdem hat er uns mit der Einrichtung geholfen.

Das ist also der Beginn unseres Ehelebens ...

Ein wenig bringt mich das ja immer noch durcheinander ...

*höfliche, geschlechtsunabhängige Anrede

Shindo-san*, auch ich werde nach Möglichkeit ...

Außerdem ...

... gibt es jemanden, in den ich schon seit langer Zeit verliebt bin.

3. Tag

Es gibt jemanden, in den ich schon seit langer Zeit verliebt bin.

Uwah ...
Erst rufst du an und jetzt kommst du auch noch den ganzen Weg hierher?
...
Ich muss dich etwas fragen.
Warum hast du so plötzlich Akari geheiratet?!
...
Ich bin dankbar dafür, dass du die Einrichtung gerettet hast ...
... doch trotzdem ...
... finde ich das alles überaus merkwürdig!

Der gerät ja völlig außer sich, wenn ihn etwas ärgert!!

T... Tut mir leid ...

Ich bin erst um vier nach Hause gekommen!

Du bist zu laut!

!!

Mein Zimmer ist noch voller Kartons, das geht nicht ...

DÖS

Du hast ein eigenes Zimmer, also schlaf gefälligst auch dort, hörst du?!

... nicht!!

Kön- nen wir nicht!!!

Außerdem sind wir ein Ehepaar, da können wir doch ruhig zusammen schlafen.

Wir sind nur vertraglich eines!

Obwohl es jemanden gibt, den er mag ...

...!!

Ach Maaaaann ... Ich möchte schlafen, also sei bitte leise, ja?

Der Typ ist das Letzte!!!

... tut er einfach so etwas ...

...

KATSCHAK

Verdammt!

So komme ich noch zu spät zur Schule!

95

Ich habe mir heute mehr Mühe gegeben als sonst.

Guten Appetit!

Ich weiß leider nicht, was du so magst ...

KLATSCH
パタパタ
KLATSCH

Oh! The ☆ Washoku*!

*traditionelle jap. Küche

Obwohl er so müde war, frühstückt er jetzt mit mir ...

BADUMM
ドキ
ドキ
BADUMM

STARR

SCHLÜRF

Nanu ...

*Solche Ge-
danken hat er
also auch.*

Und ich dachte, er wäre ein Mistkerl ...

STARR

... ja doch ganz gut miteinander auskommen ...

Vielleicht werden wir ...

4. Tag

RUMPEL

Sie verhält sich total niedlich, wenn ich sie necke ...

Moment mal!!!

Hey ...

Meint der unsere Akari-chan ...?

Was sagt der Kerl da vor laufender Kamera?!

Nun, was die Arbeit an-geht, würde ich es aber dennoch gerne geheim halten.

Dabei hat er das doch selbst gesagt ...

Ach, herrje ...

Er bringt sogar die Moderatorin in Schwierig-keiten!!

Ähm ... Also ... Was meinen Sie denn mit neuem Familien-mitglied ...?

Ich wollte mich über so vieles bei ihm beschweren ...

... aber jetzt, wo ich ihn so gesehen habe, kann ich das nicht mehr ...

Er hat so hart gearbeitet, dass er jetzt in diesem Zustand ist ...

Liegt das vielleicht ...

... an den Problemen mit seiner Familie, die er neulich erwähnt hat?

Was? Ich soll mit?

Shoppen mit Kakeru-kun ...

Genau. Ich kenne mich in der Gegend nicht so gut aus.

Ob das gut gehen wird ...?

NERVÖS

UMBLICK

Hey ...

Wir müssen unter allen Umständen vorsichtig sein!!

Also gut ... Dann werde ich von nun an besonders gut aufpassen, ja?

Ja!

5. Tag

Hey, schau mal ...

Sieht der Kerl da Kakeru-kun nicht erschreckend ähnlich?

Was? Ist nicht wahr! Haben die ein Date?

BOX COFFEE

Nanu ...

...diese beiden Mädchen hierherschauen ...

Es sieht fast so aus, als würden ...

DREH

Wenn man heiratet, möchte man schließlich, dass die Eltern der Ehefrau einen anerkennen.

Kakeru-
kun ...

Papa, Mama ...
Wacht ihr über
mich?

Damit habe ich sie anständig begrüßt.

?

...

Es wird euch vielleicht überraschen, aber das ist der Mann, den ich geheiratet habe.

Er hat das Hidamari gerettet.

Zu Beginn wusste ich nicht so recht, was ich tun sollte ...

Miyamura Familiengrab

... aber er arbeitet hart und schätzt seine »Familie« sehr.

Er ist ein guter Mensch.

Ha ha!

Das ist gut möglich! Immerhin hat ihre Tochter bereits in der Highschool geheiratet. Noch dazu einen Prominenten ...

Akari hat einen Promi geheiratet?!

Was?!

Kyaaah!

Papa und Mama sind sicherlich total schockiert ...

...!

Ich lüge nicht.

Du nennst dich sogar selbst so?

Waaah!

In unser Zuhause.

Ja!

Also gut, wir sollten langsam zurückgehen.

*jap. »Hanbaagus. Hackfleischklops mit Rotweinsoße

Zum Abend-
essen hätte
ich gerne
Hamburger
Steak* ...

Das ist ir-
gendwie echt
schön ...

Als wäre
ständig jemand
an meiner
Seite.

Es kommt mir so vor, als wäre ich für ihn auch jemand Besonderes geworden ...

Nein!! Ich darf das nicht missverstehen!!

Er hat schon jemanden, den er mag.

»Außerdem gibt es jemanden, in den ich schon seit langer Zeit verliebt bin.«

Ich hab so viel gegrübelt, dass ich ewig in der Wanne war.

Tut mir leid, dass du so lange warten musstest, Kakeru-kun.

Du kannst jetzt in die ...

Ich frage mich, wie diese Person ...

... die Kakeru-kun so gernhat, wohl ist ...

Hmm ...?

Also dann, gute Nacht!

TAPP

Dabei habe ich dich anständig geweckt!!

...

Was ist denn?

TAPP
TAPP

RUMMS

Was ist ...

... da gerade passiert?

Fortsetzung folgt

Warum schaut sie sich eins meiner Dramen an?

Ist echt heiß heute!...

BADUMM BADUMM

Hört mir zu!

Sie schaut gerade den Zusammenschnitt eines Dramas mit Kakeru, das sie bislang nicht kannte.

Ein Tag in Akaris Eheleben

SST

Hey, du musst dir das nicht ansehen!

Immerhin sitze ich neben dir!

... fühlt es sich so an, als wäre ich von meiner Rolle besiegt worden ...

DÜSTER

Auch wenn das irgendwie ein Kompliment war ...

DÜSTER

Akari scheint sich anlässlich ihres Ehelebens mit der Unterhaltungsindustrie vertraut zu machen.

Waaaaah!

FAUCH

Das ist gerade eine coole Szene, also stör mich gefälligst nicht!!

Okay ...

Sorry ...

*Diesen Manga habe ich für das Social-Media-Projekt des *Margaret*-Magazins gezeichnet, während man aufgrund der Coronapandemie dazu angehalten war, das Haus nicht zu verlassen.

Akaris und
Kakerus Haus

So ist das Haus
derzeit eingerichtet.

1.OG

Die Zimmer der
beiden befinden sich
im Obergeschoss.

EG

Küche

Wohnzimmer

Yuma

Derzeit leben noch
drei weitere Kinder
im Hidamari Home.

Sota

Ichika

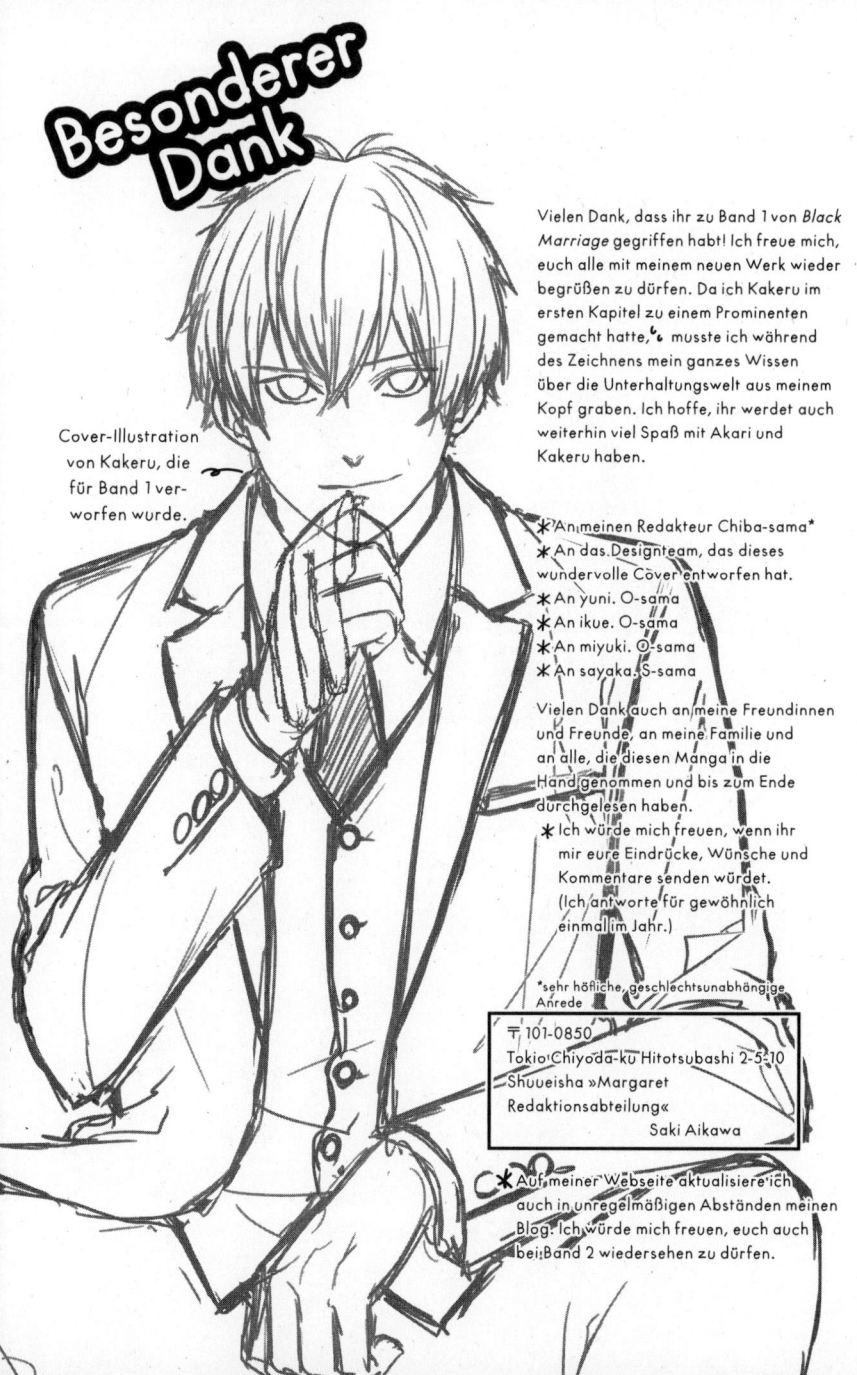

Besonderer Dank

Cover-Illustration von Kakeru, die für Band 1 verworfen wurde.

Vielen Dank, dass ihr zu Band 1 von *Black Marriage* gegriffen habt! Ich freue mich, euch alle mit meinem neuen Werk wieder begrüßen zu dürfen. Da ich Kakeru im ersten Kapitel zu einem Prominenten gemacht hatte, musste ich während des Zeichnens mein ganzes Wissen über die Unterhaltungswelt aus meinem Kopf graben. Ich hoffe, ihr werdet auch weiterhin viel Spaß mit Akari und Kakeru haben.

✻ An meinen Redakteur Chiba-sama*
✻ An das Designteam, das dieses wundervolle Cover entworfen hat.
✻ An yuni. O-sama
✻ An ikue. O-sama
✻ An miyuki. O-sama
✻ An sayaka. S-sama

Vielen Dank auch an meine Freundinnen und Freunde, an meine Familie und an alle, die diesen Manga in die Hand genommen und bis zum Ende durchgelesen haben.
✻ Ich würde mich freuen, wenn ihr mir eure Eindrücke, Wünsche und Kommentare senden würdet. (Ich antworte für gewöhnlich einmal im Jahr.)

*sehr höfliche, geschlechtsunabhängige Anrede

〒 101-0850
Tokio Chiyoda-ku Hitotsubashi 2-5-10
Shuueisha »Margaret Redaktionsabteilung«
Saki Aikawa

✻ Auf meiner Webseite aktualisiere ich auch in unregelmäßigen Abständen meinen Blog. Ich würde mich freuen, euch auch bei Band 2 wiedersehen zu dürfen.

Saki Aikawa

Es freut mich, euch alle wieder mit meinem neuen Werk begrüßen zu dürfen. Jedes Mal, wenn ich etwas Neues beginne, mache ich mir sehr viele Gedanken. Aber dass der Partner einer meiner Protagonistinnen jemals Schauspieler sein würde, wäre mir niemals in den Sinn gekommen ... Meine Freund*innen behaupten zwar, das sei alles »unrealistisch!!«, aber ich möchte euch etwas Herzklopfen und Aufregung außerhalb des Alltags bieten. Auf Grundlage dessen werde ich alle Facetten, die das Showbusiness zu bieten hat, in meine Geschichte einfließen lassen (schwitz). Ich würde mich freuen, wenn ich euch auch in Zukunft wieder zu meinen Leser*innen zählen dürfte.

TOKYOPOP GmbH
Hamburg

TOKYOPOP
1. Auflage, 2024
Deutsche Ausgabe/German Edition
©TOKYOPOP GmbH, Hamburg 2024
Aus dem Japanischen von Benjamin Leimser

BURAMARI © 2020 by Saki Aikawa
All rights reserved.
First published in Japan in 2020 by SHUEISHA Inc., Tokyo.
German translation rights in Germany, Austria and German-
speaking Switzerland arranged by SHUEISHA Inc.
through VME PLB SAS, France.

Redaktion: Caroline Skrabs
Lettering: Vibrant Publishing Studio
Herstellung: Alina Kronenberg
Druck und buchbinderische Verarbeitung:
CPI–Clausen & Bosse GmbH, Leck
Printed in Germany

Wir achten auf die Umwelt.
Dieses Produkt besteht aus FSC®-zertifizierten
und anderen kontrollierten Materialien.

ISBN 978-3-8420-9752-0

www.tokyopop.de

少女漫画が大好き

News　Vorschau　ShoCo Cards　My Shojo Moments　Community ⌄　About　Shop　☆ VIP-Bereich ☆

ShoCo Cards

ShoCo Card steht für SHOJO Collectors Card.

Seit April 2014 erscheint jeden Monat ein neuer SHOJO Top-Titel, dem in der Erstauflage eine ShoCo Card zum Sammeln beiliegt. Außerdem erscheinen zwischendurch auch ganz spezielle ShoCo Cards – wie zum Beispiel die Halloween ShoCo Card im Halloween Pack von *Scary Lessons*!

Die Vorderseite ziert eine hübsche Illustration zum jeweiligen Manga und auf der Rückseite findest du einen Steckbrief und Infos zu der entsprechenden Mangaka.

Auf dieser Seite erfährst du, in welchen Manga die begehrten **ShoCo Cards** beiliegen und in welchem Monat sie erscheinen. Aber beeil dich, wenn du alle Karten sammeln möchtest: Nur in der Erstauflage sind die Karten enthalten!

Alle　ShoCo Cards

Januar 2021: Check Me Up!, Band 01

Dezember 2020: Die Geschichte vom Untergang unserer Liebe, Band 01

November 2020: Lovesick Ellie, Band 03

Oktober 2020: Verliebt in die Nacht, Band 01

November 2020: Ein Kuss reinen Herzens, Band 01

Oktober 2020: ... thing bad with ... Band 01

Seite durchsuchen...　LOS

✉ Kontakt

Du erreichst uns jederzeit unter:
iloveshojo@tokyopop.de.

Instagram

Mehr laden...

Neue Fragen aus der Community

Interviews, Fanart, ShoCo Card Übersicht und noch vieles mehr erwarten euch!

Folge uns auch auf
f www.facebook.com/iloveshojo
📷 tokyopop_iloveshojo
🌐 iloveshojo@tokyopop.de

MARMALADE BOY LITTLE
Wataru Yoshizumi

»Wir sind wir und das ist gut so!«

Rikka wächst in einer Patchworkfamilie auf. Mit sechs Jahren er-
fährt sie, dass sie und ihr vermeintlicher Bruder, der gleichaltrige
Saku, gar nicht blutsverwandt sind. Das macht für sie natürlich
überhaupt keinen Unterschied! Oder etwa doch? Denn als sie ein
paar Jahre später zusammen auf die Mittelschule kommen, ent-
steht ein wahres Wirrwarr der Gefühle. Während Rikka sich auf
den ersten Blick verliebt, hat Saku bald eine Verehrerin. Und das
bringt zwischen den beiden so einiges durcheinander ...

www.tokyopop.de

MARMALADE BOY PERFECT EDITION

Wataru Yoshizumi

Süß wie Marmelade!

Mikis Leben steht kopf! Ihre Eltern wollen sich trennen, mit einem anderen Paar die Partner tauschen, und dann sollen auch noch alle unter einem Dach leben?! Miki ist schockiert und wild entschlossen, das bunte Treiben zu verhindern. Als sie jedoch ihren Stiefbruder Yu kennenlernt, sieht die Welt plötzlich ganz anders aus. Sie lässt sich auf das Experiment ein und so steht dem fröhlichen Patchwork-Familienleben nichts mehr im Wege …

www.tokyopop.de

BLUE SPRING RIDE 2IN1
Io Sakisaka

Die beliebte Romance-Reihe als Neuauflage!

Für Futaba beginnt ein neuer Lebensabschnitt: die Highschool-Zeit! Und da dies eine gute Gelegenheit ist, um Vergangenes hinter sich zu lassen, möchte sie ihre niedliche Art ablegen, die sie schon so oft in Schwierigkeiten gebracht hat. Bereits am ersten Schultag erblickt Futaba in ihrem früheren Schwarm Kou ein bekanntes Gesicht. Doch er sieht nachdenklich aus und wirkt unnahbar. Was wohl in ihm vorgeht ...?

www.tokyopop.de

BLUE SPRING RIDE – LIGHT NOVEL

Akiko Abe / Io Sakisaka

Die Light Novel zur beliebten Romance-Manga-Reihe!

Die Highschool-Zeit ist für Futaba eine gute Gelegenheit, um Vergangenes endlich hinter sich zu lassen. Denn in der Mittelschule mochten die Jungs zwar ihre niedliche Art, bei ihren Mitschülerinnen löste sie damit jedoch Eifersucht und Missgunst aus. Also nimmt sie sich vor, ihr Verhalten zu ändern und möglichst wenig aufzufallen. Doch bereits am ersten Schultag trifft sie auf Kou – ihren früheren Schwarm. Aber auch er hat sich verändert. Nicht nur heißt er ganz anders, er ist auch nachdenklich und regelrecht abweisend. Was verbirgt sich dahinter?

www.tokyopop.de

MASCARA BLUES
Io Sakisaka

»Als ich ihn das erste Mal sah, klopfte mein Herz wie verrückt und er schien regelrecht zu funkeln!«

Mugino verliebt sich wahnsinnig schnell, doch sobald sie einem Jungen ihre Gefühle gesteht und er das Gleiche für sie empfindet, verliert sie genauso schnell wieder das Interesse. In der Hoffnung, dass ihre Gefühle dieses Mal von Dauer sind, fasst sie sich ein Herz, ihrem besten Freund Shuya eine Liebeserklärung zu machen ... Diese und vier weitere einfühlsame Kurzgeschichten über die Liebe in einem Band!

www.tokyopop.de

MIRACLES OF LOVE
NIMM DEIN SCHICKSAL IN DIE HAND

Io Sakisaka

Liebe in all ihren Farben

Obwohl sie völlig unterschiedliche Ansichten zum Thema Liebe haben, freunden sich die verträumte Yuna und die realistische Akari an. Yuna verliebt sich in Akaris attraktiven Bruder Rio. Doch Akari rät ihr von Rio ab und bringt stattdessen Yunas Sandkastenfreund Kazuomi ins Spiel. Aber für Yuna muss die Liebe sie wie ein Blitz aus heiterem Himmel treffen. Außerdem scheint sich Akari Kazuomi anzunähern ...

www.tokyopop.de

STROBE EDGE
Io Sakisaka

Zarte Gefühle, große Liebe!

Die naive Ninako hat sich eigentlich noch nie wirklich für Jungs interessiert. Als sie jedoch den coolen Ren kennenlernt, ist es um sie geschehen. Leider ist Ren aber heiß umschwärmt und außerdem dafür bekannt, dass er alle Mädchen abblitzen lässt, die ihm ihre Liebe gestehen. Als auch noch ihr Kumpel Daiki offen Interesse an Ninako zeigt, beginnt das große Gefühlschaos!

www.tokyopop.de

MY WORLD IS YOU
Io Sakisaka

»Das war der Moment, in dem ich mich in ihn verliebte ...«

Takashi ist Baseballspieler in der Schulmannschaft und setzt sich
mit Leib und Seele für sein Team ein. Yuriko kennt ihn schon seit
der Mittelschule, doch ihre Gefühle für ihn sind neu. Lange über-
legt sie, wie sie ihm am besten ihre Liebe gestehen kann. Doch als
auch ihre beste Freundin Interesse an Takashi entwickelt, werden
die Dinge kompliziert ... Diese und fünf weitere entzückende Kurzgeschichten über die erste Liebe in einem Band!

www.tokyopop.de

DIE WELT RETTET DICH

Yoko Maki

»Wenn man verliebt ist, soll alles in der Welt plötzlich strahlen.«

Hiro wird von allen nur »Fräulein Penibel« genannt, weil sie ihre Mitschüler und Mitschülerinnen ständig auf ihre Verstöße gegen die Schulordnung hinweist. So findet man natürlich keine Freunde! Doch als sie dem vermeintlichen Rowdy Ryo zu Hilfe kommt und dieser sich unbedingt mit Hiro anfreunden will, scheint sich das Blatt zu wenden. Vier bislang unveröffentlichte Kurzgeschichten von *Sparkly Lion Boy*-Autorin Yoko Maki!

www.tokyopop.de

AISHITERUZE BABY**

Yoko Maki

Plötzlich Babysitter!

Der 17-jährige Kippei genießt sein Highschool-Leben als Mädchenschwarm in vollen Zügen. Doch eines Tages wird seine fünfjährige Cousine Yuzuyu von ihrer Mutter bei den Katakuras zurückgelassen – und ausgerechnet Kippei wird dazu verdonnert, sich um das kleine Mädchen zu kümmern! Wird Yuzuyu ihren neuen »großen Bruder« für sich gewinnen können?

www.tokyopop.de

SOMMER DER GLÜHWÜRMCHEN

Nana Haruta

Still leuchtend wie die Glühwürmchen ...

Tsubasa gibt bei allem ihr Bestes! Dieser Übereifer bringt ihren
Schwarm jedoch dazu, die Flucht zu ergreifen. Um auf andere Gedanken zu kommen, springt Tsubasa für ihre verletzte Freundin
als Managerin des Basketballklubs ein. Die Jungs dort sind alle-
samt nett und gut aussehend, und besonders der wortkarge Aki
lässt ihr Herz höherschlagen.

www.tokyopop.de

KLEINE SCHÄTZE

Nana Haruta

»Ich würde für meinen Freund sogar sterben«

Konomi liebt ihren Freund Hiro über alles, jedoch schenkt er
ihr nur wenig Aufmerksamkeit. Ihrem Kumpel Hokuto geht
es in seiner Beziehung ähnlich: Seine Freundin Sao zeigt ihm
ständig die kalte Schulter. Konomi beschließt, bei Hokuto in
die Offensive zu gehen, damit Hiro endlich erkennt, was er an
ihr hat ... Diese und drei weitere entzückende Kurzgeschichten über die erste Liebe!

www.tokyopop.de

PRINZESSIN SAKURA 2IN1

Arina Tanemura

Der Magical-Girl-Hit von Arina Tanemura jetzt als Sammelband!

Prinzessin Sakura lebt mit ihrer Freundin Asagiri auf einem Anwesen in den Bergen. Kurz vor ihrem Tod versprachen ihre Eltern sie dem Prinzen Ora. Doch als Sakura zum kaiserlichen Palast geleitet werden soll, flieht sie in einen finsteren Wald, in dem sie sich verirrt. Beim An- blick des Vollmondes erkennt sie ihr Schicksal: Sakura ist die Enkelin der Mondprinzessin Kaguya und dazu bestimmt, gegen das Böse zu kämpfen. Damit sie dieser Aufgabe gerecht werden kann, wird sie von der Shamanin Byakuya in Magie unterwiesen ...

www.tokyopop.de

SHINSHI DOUMEI CROSS
ALLIANZ DER GENTLEMEN

Arina Tanemura

Der Klassiker von Arina Tanemura jetzt als Sammelband!

Die 15-jährige Haine wurde an der renommierten Kaiserlichen Privatschule aufgenommen, an der die Schüler je nach Wohlstand in die drei Klassen Bronze, Silber und Gold unterteilt werden. Lediglich Shizumasa Togu hat es in die oberste Klasse geschafft und wird von allen ehrfürchtig »Kaiser« genannt. Haine ist total in Shizumasa verliebt, doch aufgrund ihrer Herkunft ist sie meilenweit von ihm entfernt. Sie entwickelt die Kraft, für ihr Liebesglück zu kämpfen ...

www.tokyopop.de

STOPP!

**Dies ist die letzte Seite des Buches!
Du willst dir doch nicht den Spaß verderben
und das Ende zuerst lesen, oder?**

Um die Geschichte unverfälscht und original-
getreu mitverfolgen zu können, musst du es
wie die Japaner machen und von rechts nach
links lesen. Deshalb schnell das Buch um-
drehen und loslegen!

So geht's:

Wenn dies das erste Mal sein
sollte, dass du einen Manga
in den Händen hältst, kann dir
die Grafik helfen, dich zurecht-
zufinden: Fang einfach oben
rechts an zu lesen und arbeite
dich nach unten links vor.
Viel Spaß dabei wünscht dir
TOKYOPOP®!